DAPHNIS
ET
ALCIMADURE,
PASTORALE
LANGUEDOCIENNE,

Repreſentée devant LEURS MAJESTÉS
à Verſailles le 12 *Décembre* 1764.

DE L'IMPRIMERIE,

De CHRISTOPHE BALLARD, Seul Imprimeur du
Roi pour la Muſique, & Noteur de la Chapelle
de Sa Majeſté.

M. DCC. LXIV.
Par exprès Commandement de SA MAJESTÉ.

Les Paroles & la Muſique ſont du Sieur
MONDONVILLE, ci-devant Maître
de Muſique de la Chapelle du Roi.

Les Ballets ſont de la compoſition de MM.
LAVAL, Pere & Fils, Maîtres des Ballets
de Sa Majeſté.

SUJET DU PROLOGUE.

LES JEUX FLORAUX de Touloufe furent inf-
titués en l'honneur de la DÉESSE FLORE. Les
quatre Prix de Poëfie qu'on y donne tous les ans,
ont été fondés par CLEMENCE ISAURE,
Dame auffi diftinguée par fa naiffance que par fon
efprit. La diftribution s'en fait le premier & le
trois de Mai; & cette cérémonie raffemble, durant
ces trois jours, à Touloufe, un concours nom-
breux d'Etrangers, qui s'y rendent en foule des
Provinces voifines. Ce ne font alors que Danfes
& Sérénades continuelles par toute la Ville. On
a cru pouvoir choifir un moment fi agréable pour
l'idée d'un Prologue, dont l'objet eft d'annoncer
l'Ouvrage qu'on va repréfenter, & de préparer le
Spectateur au langage du pays.

ACTEURS DES CHŒURS.

LES DEMOISELLES.

Canavas.
Bouillon.
Favier.
Bertin.
Daigremont.

Dubois, C.
De Chevremont.
Desjardins.
Aubert.
Camus.

LES SIEURS,

Ducroe.
L'Evêque.
Cochois.
Joguet.
Le Begue.
Bazire.
Camus.
Befche 3ᵉ.

Bofquillon.
Abraham.
Guerin.
Daigremont.
Charles.
Joly.
Marcou.

ACTEURS
DU PROLOGUE.

I SA·URE,   La Dlle. Dubois.

JARDINIERS, JARDINIERES.

PEUPLES *danſans & chantans.*

NOBLES.

La Scene eſt à Touloufe.

PERSONNAGES DANSANTS.

JARDINIERS ET JARDINIERES.

Les Sieurs Leger , Dubois.
Les Demoiſelles Adelaïde , La Croix.
Les Sieurs Beat , Cezeron.
Les Demoiſelles Lahaie , Cornu.

PEUPLES.

Le Sieur Campioni.
Les Sieurs Riviere , Trupti.
Les Demoiſelles Demiré, Rey.

LES JEUX FLORAUX,

PROLOGUE.

Le Théâtre repréfente le Jardin de CLÉMENCE
Isaure, & fon Palais dans le fond.

SCENE PREMIERE.

ISAURE, fa Suite, JARDINIERS ET JARDINIERES.

On danfe.

ISAURE.

Dans ce féjour riant & fortuné,
Phœbus, Flore & l'Amour ont fixé leur Empire;
On y voit de leurs mains le Printems couronné,
Les cœurs font adoucis par l'air qu'on y refpire.

ISAURE ET LE CHŒUR.

On n'y craint point les rigueurs des hivers,
On n'y craint point l'inconstance des Belles,
Nos arbres y sont toujours verds,
Et nos Amans toujours fidelles.

On danse.

ISAURE.

Pour que l'Amour soit durable & charmant.
Il faut au sentiment
Joindre le badinage :
Et qu'un fidelle amant
Ait l'enjouement
D'un cœur volage,

SCENE

SCENE II.

ISAURE, fa Suite, JARDINIERS,
JARDINIERES, PEUPLES.

On danfe.

ISAURE.

ICI fans art & fans détour,
L'efprit tient tout du cœur, & fçait fe faire entendre.
Sans chercher à briller, il eft naïf & tendre,
Le Dieu des Vers n'eft que le Dieu d'Amour.

ISAURE & *le Chœur.*

Nous ne cherchons point d'autre gloire
Que le plaifir de bien aimer.

On a quand on le fent, le don de l'exprimer,
Et de le faire croire.

Ah! Qu'il eft doux de bien aimer,
Nous ne cherchons point d'autre gloire.

On danfe.

b

SCENE III.

ISAURE, fa Suite, JARDINIERS,
JARDINIERES, PEUPLES, NOBLES.

On danfe.

ISAURE.

PEUPLES, il faut dans ce beau jour
D'un fiécle fi chéri tranfmettre la mémoire ;
Et je veux que des prix couronnent la victoire
De ceux qui fçauront mieux chanter le tendre amour.

Pendant le chœur , les Nobles vont chercher les prix
des Jeux Floraux qui font au nombre de quatre ;
fçavoir, l'EGLANTINE. le SOUCI, la
VIOLETTE & l'ŒILLET.

CHŒUR.

Que ta gloire vole & s'étende ;
Sonnez Trompettes, qu'on entende
Le nom D'ISAURE éclater dans nos Jeux,
Qu'il triomphe à jamais , & qu'il régne en ces lieux.

On danfe.

ISAURE.

Pour confacrer nos Jeux par un heureux augure ,
Dans notre langage enchanteur
Intéreffons l'Amour. Traçons par quel bonheur

Daphnis fçut attendrir la fiere Alcimadure;
De leur fimplicité la naïve peinture
Eft l'image de notre cœur.

CHŒUR.

Que ta gloire vole & s'étende;
Sonnez Trompettes, qu'on entende
Le nom d'Isaure éclater dans nos Jeux;
Qu'il triomphe à jamais, & qu'il regne en ces lieux.

FIN DU PROLOGUE.

AVERTISSEMENT.

ON fçait en général quelle fut l'origine & quels ont été les progrès de l'ancienne Langue Provençale. Formée dans nos Provinces Méridionales, des débris de la Langue Romaine, elle y fleurit en peu de tems, & c'eft de là que dès le neuviéme & le dixiéme fiécle, elle s'étoit répandue dans plufieurs Cours de l'Europe. Cette célébrité qui la fit accueillir par tout où l'on fe picquoit alors de politeffe, elle la dût à fes Poëtes & furtout à l'ufage qu'ils firent de la Rime dont ils ont été les Inventeurs. Notre Langue Touloufaine eft à quelques changements près, la même que cet ancien Provençal. On y trouve avec le même génie & les même tours, cette douceur & cette naïveté tendre qui fe prête fi bien à l'expreffion du fentiment. Je l'ai crue par ces raifons favorable à la Mufique, & c'eft dans cette vûe que j'ofe en offrir un effai dont le zéle m'a fait concevoir l'idée & pour lequel je demande de l'indulgence en faveur du motif.

Pour entendre plus facilement les Paroles Languedociennes, il faut :

1°. Terminer en *e*, ou en *er*, la plûpart des mots terminés en *a*, ou en *at*. Par exemple : *Libertat*, traduisez, liberté. *Dansa*, danser, *&c.*

2°. Il faut changer dans plusieurs mots les *b* en *v* consonne : par exemple : *Bous*, traduisez, vous, *Bilatge* : village. *Bibo* : vive, *&c.*

3°. L'*o* doit se changer en *é* muet. *Noubélo* : lisez, nouvelle. *Péno* : peine, *&c.*

4°. Terminer en *ée*, les mots terminés en *ado*. *Armado*, armée. *Determinado*, déterminée, *&c.*

Le mot de *Peccayre*, est un terme de sentiment qu'on ne sçauroit exprimer en François. Il en est de même de plusieurs autres termes Languedociens.

On trouvera audessus de chaque vers la traduction des mots les plus difficiles.

ACTEURS
DE LA PASTORALE.

DAPHNIS,	Le Sieur Jéliote.
ALCIMADURE,	La Dlle. Fel.
JEANET, *Frere d'Alcimadure*,	Le Sieur Trial.
BERGERS.	
BERGERES.	
PASTRES.	
CHASSEURS.	
CHASSERESSES.	
MARINIERS.	
MARINIERES.	

La Scene est dans un Hameau, aux environs de Toulouse.

PERSONNAGES DANSANTS.

ACTE PREMIER.

BERGERS, BERGERES.

Le Sieur Gelin.

La Demoiselle Guimard, Le Sieur Campioni.

Les Sieurs Leger, Dubois.

Les Demoiselles Petitot, Godot, Saron, Baſſe.

Les Sieurs Trupti, Riviere.

PASTRES.

Le Sieur Lani, La Demoiselle Lionnois.

Les Sieurs Beat, Cezeron.

Les Demoiselles Adelaïde, La Croix.

ACTE SECOND.

CHASSEURS, CHASSERESSES.

Le Sieur Gardel.
Le Sieur Leger, la Demoiselle Godot.
Les Sieurs Hiacinte, Lelievre, Trupti, Rogier.
Les Demoiselles Demiré, Rey, Clairval, Petitot.

TROISIEME ACTE.

BERGERS, BERGERES.

La Demoiselle Veftris.
Les Sieurs Rogier, Leger, Riviere.
Les Demoiselles Clairval, Saron, Baffe.

MATELOTS.

Le Sieur Dauberval, La Demoiselle Guimard.
Les Sieurs Beate, Cezeron, Dubois.
Les Demoiselles Adelaïde, La Croix, Lahaie.

DAPHNIS.

DAPHNIS
É
ALCIMADURO,
PASTOURALO LANGUEDOCIENO.

ACTE PRUMIÉ.

Lou Theâtre repréfento lou hamél d' Alcimaduro
entourat d'albres.

SÇÉNO I.

DAPHNIS.

A ɪ R.

pauvre Daphnis   ferai-   je
HÉLAS! Pauret, qae faréy jou!
bleffé   le   Dieu d'amour.
Tant m'a blaffat lou Diu d'amou.

A

Depuis   l'œil
Defpéy que l'él d'Alcimaduro,

dans   mon   cœur   amoureux
A dedins moun cor amourous

allumé   brafiers
Alucat milo fougayrous,

je fouffre   peine   plus dure
Souffri la péno la pu duro.

Hélas! Pauret, que faréy jou?
Tant m'a blaffat lou Diu d'amou.

pour finir
Per fini ma triftéffo,

petit Dieu d'amour, viens   dans   ce   lieu
Diu nenet, ben dedins aquefte loc ;

ton   prête   moi   le feu
De toun éfprit préfto me tout lou foc ;

pour bien parler
Per pla parla de ma tendréffo.

mais je vois arriver le Soleil   mes yeux
Més yéu bézi béni lou Soulél de mous éls,

qu'elle eft belle que j'ai raifon   porter   chaîne
Qu'és bélo, qu'éy rafou de pourta fa cadéno ;

pour fçavoir ce   qu'ici
Per fabé ço qu'ayci l'améno,

Allons   l'épier deffous   ces   rameaux
Anennoun l'éfpia dejouts aquéls raméls.

                          Daphnis cachat.

SÇÉNO II.

ALCIMADURO.

AIR.

petits oiseaux   *du*
G A z o u i l l a t s auzeléts à l'oumbro dél
fuillatge,

siflez   *mon*   *cœur est enchanté*
Quand bous fiulats moun cor és encantat.

J'entends bien   *dans*
Entendi bé, que dins boftre lengatge,

Bous celebrats la libertat.

Elle est le plaisir   *vie*
El' és lou plazé de ma bido,

je   *chante*
Car, yéu la canti coumo bous;

aussi   *elle*   *crie*
Tabé san céss'élo me crido,

qu'elle seule peut   *heureux*
Qu'élo soulo pot rendr'hurous.

Gazouillats auzeléts, &c.

_____

SÇÉNO III.

DAPHNIS, ALCIMADURO.

ALCIMADURO.

B*jeune*
OUN-JOUR joüiné Daphnis.

DAPHNIS.

Bergere.
Boun-jour bélo Paſtouro.

ALCIMADURO.

venez bien matin dans   cette   demeure
Bou benéts pla mayti dins aqueſto demouro ?

DAPHNIS.

Je ne   dors   plus
Hélas ! Nou dormi pus.

ALCIMADURO.

pauvre enfant quel   malheur
Péccayre, qual mal'hou !
peut   cauſer   langueur
E' qui pot bous cauſa paréillo languiſſou ?

DAPHNIS.

L'Amour.

ALCIMADURO.

Comment   fait telle peine
Couſſi, l'Amour fa talo péno ?

DAPHNIS.

AIR.

petit trait plus pointu alêne
D'un pichot trét pus pounchut qu'un' alzéno,
le petit Dieu avec fléche d'or
Lou Diu nenet ambé sa biro d'or,
le donné pour étrenne
Lou jour de l'an m'a dounat per éstréno,
plus coups au travers du cœur
May de cent cops tout al traber d'al cor,
je suis surpris je ne suis mort
Que soüi surprés, coumo yéu nou soüi mor!
je n'en puis plus depuis qu'au moment fatal
N'oun podi pus, despéy qu'à la mal'houro,
j'ai ce
Ey rencountrat aquél malin enfan.
il n'avoit pour jeune Bergere
N'abio per Cour qu'uno joüino Paftouro,
plus belle que lui, que folâtrant
Pu bélo qu'él, que tout en fadéjan,
il me tiroit lui tenoit main
Quand me tirabo, li tenio la man.

D'un pichot trét, &c.

ALCIMADURO.

je vous plains fi
Bous plagni de fouffrir un tan cruél martiro.

DAPHNIS.

ne fçait combien cœur
Ma Paftouro fap pas, coumben moun cor foufpiro.

DAPHNIS;

ALCIMADURO.

Il   faut   oublier   si vous voulez
Bous la cal oublida, se bouléts éstr'hurous.

DAPHNIS.

Cela
Aco n'és pas poussible.
Peut
Pot-on éstr'insensible ?
Le Ciel   Soleil   en a deux
Lou Cél n'a qu'un Soulél, ma Pastouro n'a dous.

ALCIMADURO.

Elle est   bien   jolie
El' és dounc pla poulido ?

DAPHNIS.

voir   ravie
De la béyr'un moumen, on a l'amo rabido.

※ ALCIMADURO.

Quel est cet   si beau, si précieux
Qual és aquél oubjét, tan bél, tan précious ?

DAPHNIS.

le   voulez sçavoir
Bous lou bouléts sabé ?

ALCIMADURO.

Dites,
Digats, digats.

DAPHNIS.

C'eft vous
Es bous.

ALCIMADURO.

Vous vous mocquez; je ne fuis
Bous trufats, yéu nou foüi pas bélo.

DAPHNIS.

êtes   beauté, le plus
Bous fiats de la béutat, lou pu parfét moudélo.

AIR.

ne veut pour
L'amour nou bol per tout charma
l'œil
Que l'él d'Alcimaduro.
par
Tout femblo per bous s'anima
Dans
Dins touto la naturo.
favez fi bien
Bous fabéts tan ben emflama,
pourquoi ne favez-vous   aimer
Perqué nou fabéts pas ayma?

ALCIMADURO.

AIR.

Le Dieu
Lou Diu de la tendréffo
Eft Dieu rigoureux
Es un Diu rigourous.

DAPHNIS,

Toujours   dans
Toutjoun dins la triftéffo

plongent   fes douceurs
Nous plounjoun fas douçous,

Bous penfats à meftréffo,

Gardez   vos   moutons.
Gardats boftres moutous.

DAPHNIS.

Ah! Que moun fort és mal'hurous!

ALCIMADURO.

Allez   conter
Anats counta flourét'à qualqu'autro Paftouro.

DAPHNIS.

heure
Ah! Bous me coundamnats à mourir à tout'houro,

ne   plus
Bous nou bouléts pus m'éscouta?

ALCIMADURO.

encor une fois   moi en repos.
Encar'un cop, layffats m'éfta,

DAPHNIS.

Les   Bergers
Lous Paftouréls de moun bilatge,

pour   m'ont   promis
Per bous m'an proumés de danfa;

pour premier
Souffréts que per prumier houmatge,

cherche à
Daphnis cerqu'à bous amufa.

ALCIMADURO.

ALCIMADURO.

pour cela je le veux bien.
O per aco lou boli pla.

DAPHNIS.

Ils font au prochain
Elis foun al prouchen boucatge,
Qu'avec plaifir je vais les chercher.
Qu'ambé plazé bau lous cerqua.

SÇÉNO IV.

ALCIMADURO, JEANET.

ALCIMADURO.

De cet   je me ferois bien
D'AQUÉL amour me fario pla paffado....

JEANET.

Je te trouve
Te trobi tout'embaraffado,
Petite fœur   peut
Souréto, qui pot t'alarma?

ALCIMADURO.

Vous   voyez bien
Bous me bezéts pla courouffado,
s'avife   m'aimer.
Daphnis s'abifo de m'ayma.

B

JEANET.

Daphnis ?

ALCIMADURO.

rien n'eft plus
Rés n'és pu béritable.

JEANET.

A i r.

Ce Berger eft
'Aquél Paftour és ritche, aymable,
doux comme miel, pourquoi le
Dous coümo mél, perqué lou rebuta ?

ALCIMADURO.

voulez donc qu'il vienne
Bous bouléts doünc que m'en bengo counta ?

JEANET.

A i r.

je ne veux
Nou boli que boftr'abantatge,
comme celui-là devroit agréer
Un partit coum'aquél debrio bous agrada.
quoique jeunette, vous êtes
Ben que joüinéto, fiats d'un atge,
peut bien marier
Où l'on pot pla fe marida.

ALCIMADURO.

A i r.

le plaifir vie
L'ou plazé de la bido,

c'eſt   *gayté,*
Aco's la gayétat,

         marie
E' quand on ſe marido,
On perd ſa libertat.

JEANET.

petite ſœur,   *n'és*   *raiſonnable*
Souréto, tu n'ou ſiés pas ſatge ;

pour toi
Per tu Daphnis és un tréfor.

ALCIMADURO.

AIR.

je ne veux   *mon*   *cœur*
Nou boli pas douna moun cor

    peut devenir   *volage*
A qui pot debeni boulatge.

       ſon   *ſort*
Qui ſe countento de ſoun ſor,

ne   *rien*
Nou deſiro rés dabantatge.

JEANET.

s'il   *t'aimoit*
S'él t'aymabo ſincéromen ?

ALCIMADURO.

je ſerois ſurpriſe
Sario ſurpréz, aſſuromen.

JEANET.

éprouve   *le*
Eſproubo lou.

                            Bij

ALCIMADURO.

je me suis assez
Yéu nou soüi pas prou sino,

Rien
Rés n'és troumpur coumo la mino;

Je n'ose
Nou gauzi pas.

JEANET.

AIR.

tu seras la maison
Quand saras à l'oustal,

viendra roder dans commune
Daphnis bendra rouda dins nostre coumunal.

si je le trouve seul va, va, moi
Se lou trobi soulét, bay, bay, laysso me fayre,

J'éprouverai bien ton amant
Esproubaréy pla toun fringayre.

On entend un Prélude.

Quelle est cette
Qual'és aquél'aubado?

ALCIMADURO.

c'est qui vient
Aco's Daphnis que ben.

Il ne connoît
Et nou bous counéy pas.

JEANET.

Je me sauve bien vite
Me salbi bitomen.

SÇÉNO V.

DAPHNIS, ALCIMADURO, PASTOUS, PASTOUROS, PASTRES.

DAPHNIS.

pour plaire
PER playr'à ma bélo Paftouro,
venez mes
Benéts mous jantis coumpagnous;
ici fait demeure
L'amour ayci fa fa demouro,
Danfats, fautats, trémouffats bous.

On danfo.

CHOR.

comme la lumiere
Coumo lou lum de la naturo
force d'éclore mille fleurs
Forço d'éfclore milo flous,
de même les yeux
Tabé lous éls d'Alcimaduro.
forcent cœurs
Forçoun lous cors d'éftr'amourous.

On danfo.

DAPHNIS.

AIR.

voit belle
Qui béy la bél'Alcimaduro
voit le plus beau
Bél l'aftre lou pu bél,

DAPHNIS,

pour
Per charma touto la naturo,
il ne lui faut   coup d'œil
Nou li cal qu'un cop d'él.
pour   cette   Venus   nouvelle
Per aquélo Bénus noubélo,
on   voit les   enfantins
On béy lous amours enfantéts,
voltiger   elle
Boultija fan céfs'aprés élo
comme   une   de petits oyfeaux.
Coum'uno troupo d'auzeléts.
Qui béy, &c.

On danfo.

DAPHNIS.

AIR

voyez le jeune ormeau pour   les   fleurettes
Bezéts l'ourmél per las flourétos
agiter   fes   jeunes   rameaux
Boulega fous joüinés raméls.
écoutez   des   petits   oyfeaux
Efcoutats das pichots auzéls
les   chanfonnettes
Las amouroufos canfounétos.
pour   le petit Dieu
Per tout charma lou Diu nenet
tire fans   fon arc
Tiro fan céffo de l'arquét
il n'oublie rien dans
N'oublido rés dins la naturo
le cœur
Hormis lou cor d'Alcimaduro.   *On danfo.*

DAPHNIS.

AIR

jolie Bergere
Poulido Paſtourélo,

petite perle des amours
Perléto das amous ;

De la Rofo noubélo,

vous éffacez les couleurs
Esfaçats las coulous ;

pourquoi êtes   ſi
Perqué ſiéts bous tan bélo,

& moi ſi
E'yéu tan amourous !

Poulido Paſtourélo.

Perléto das amous ;

quoique vous me ſoyez
Ben que me ſiats cruélo ;

je n'aimerai
Yéu n'aymaréy que bous.

DAPHNIS É LOU CHOR.

au Dieu   rien ne peut réſiſter
Al Diu d'amour, rés nou pot reſiſta....

ALCIMADURO.

Bous celébrats trop la tendréſſo.
pourquoi ſi ſouvent chanter
Perqué tan ſouben la canta ?

DAPHNIS,

DAPHNIS.

chante   *maîtresse*
Quand on la cant' à fa meftréffo,
   ne   *peut*   *repeter*
On nou pot trop la repeta.

A I R.

     ne   *cherche*   *vous* *plaire*
Daphnis nou cerquo qu'à bous playre,
 c'eft   *fon*
Aco's tout foun countentomen,
vous ne trouverez *jamais* *d'amant*
Nou troubaréts jamay fringayre,
 qui *vous* *aime* *plus*
Que bous ayme pu tendromen.

A L C I M A D U R O.

il faut *que j'aille trouver* *mon* *frere*
M'en cal ana trouba moun frayre,
 excufez *mon*
Excufats moun empréffomen.   *Élo fort.*

D A P H N I S.

elle   *va comme*   *éclair*
Élo s'en ba coum'un éfclayre,
     viens finir *mon*   *tourment,*
Amour, ben fini moun tourmen.

Fin dél prumier Acte.

ACTE

ACTE SEGOUN.

    le   les   du
Lou Théâtre réprefento lous entours del hamél

           des maifons
d'ALCIMADURO ; das ouftals d'un couftat , das

                   un bois.
albres de l'autre ; é dins lou foun un bofc.

SÇÉNO I.

JEANET *deguifat,* Troupo de CASSAYRES.

JEANET É LOU CHOR.

    pour   du   fauvage
PER trioumpha dél loup falbatge

    qui   canton
Que defolo noftre cantou,

    amis ,   allons , prenons
Amics, anen, prengan couratge,

    faifons   valeur
Fazen brilla noftro balou.

J E A N E T.

pour   *sûr*
Per éſtreſegur de l'abatre,

cherchez
Cerquats dabor à l'entoura.

     il ne faudra   *le*
Quand nou caldra que lou coumbatre,

Un de bous aus m'abertira.

SÇÉNO II.

J E A N E T.

pour
PER Daphnis, l'habit de miliço

eſt   *nouveau*
Es un déguiſomen noubél;

je veux lui   *bon*   *office*
Boli li rendr'un boun oufiço

ſi ſon   *eſt bien*
Se ſoun amour és pla fidél.

mais il   *d'ici*
Més, aprocho d'ayci.

dans   *le tems*   *arrive*
Dins lou tens que Daphnis aribo, Jeanet ſe met
à l'éſcar.

SÇÉNO III.

DAPHNIS, JEANET *à l'éscar.*

DAPHNIS.

A I R.

Hélas ! qui me raméno
dans   ce   lieu
Dedins aquefté loc ?
je n'y viens   chercher des peines
Nou béni que cerqua de péno ,
fans pouvoir calmer   mon   feu.
Senfé poudé calma moun foc.

JEANET.

pourquoi és   feul   ici   devant
Perqué fios tu foulét ayci deban ma porto ?

DAPHNIS.

Monfieur   je ne fçais
Mouffu... nou fabi pas.

JEANET.

pour parler
Per parla de la forto ;
fçais   je fuis ?
Sabés tu qui jou foüi ?

DAPHNIS.

pourquoi   menacer
Perqué me menaça ?

C ij

je   ne·   dis rien qui -   puisse offenser
Yéu nou bous disi rés que bous posc'oufença.

JEANET.

vous   faites bien   n'est pas
Bous fazéts pla, car Jeanet n'és pa tendre.

DAPHNIS.

plutôt
Puléu que de bous courouça,

je   vais partir sans plus
M'en bau parti san pus atendre.

JEANET.

non   non   .   cela   doux
Noun pas, noun pas, aco me fera dous,

de sçavoir ce ·qui
De sabé çò que bous améno.

DAPHNIS.

AIR.

vous voyez   qui porte une chaîne
Bezéts un Pastourél que port'uno cadéno

qui   le fera
Que lou fara mourir.

JEANET.

êtes
Ah, bous siéts amourous?

s'il vous plaît, parlez?
E' dequi se bous play, parlats?

DAPHNIS.

d'une
D'uno cruélo,

Vénus   trouveroit
Que Bénus troubario trop bélo,

accablé   rigueurs
Acablat de milo rigous,

je ne   puis   vivre   pour elle
Nou podi biure que per élo.

JEANET.

peut   est
On pot quand on és mal'hurous

Se difpenfa d'éftre fidélo.

AIR.

allez,   venez,   promenez vous
Anats, benéts, paffejats bous,

parcourez   colines,   montagnes
Arpentats coulinos, mountagnos,

pour être encore   plus heureux
Per éftr'encaro pus hurous

faites
Fazéts trés ou quatre campagnos.

DAPHNIS.

quoi   cela
A que tout aco ferbira?

par   fuivra
Per tout l'amour me féguira

JEANET.

n'avez-vous jamais   vû
N'abéts jamay bift de bataillos?

DAPHNIS.

De baftions, ni de muraillos ?
D'houzars, de fiétge, de canou ?
De boumbos, de carcaſſos ?

DAPHNIS.

non
Nou.

AIR.

les   clairons.   les
Ni lous clarins, ni las troumpétos,

ne   nos   hameaux
Nou troubloun pas noſtrés haméls ;

n'eſt   par   nos
L'écho n'és rebéillat que per noſtros muzétos ;

le   des oyſeaux
E' lou ramatge das auzéls.

les yeux ſeuls des   Bergeres
Lous éls ſouls de las Paſtourétos,

bleſſent le cœur des Bergers
Blaſſoun lou cor das Paſtouréls.

JEANET.

AIR.

rien n'eſt ſi beau   ſi   qu'une armée
Rés n'és tan bél, ni tan grand qu'un'armado

par   elle eſt
Quand per Louis és coumandado,

les
D'abor, on enten lous tambours

qui font
Que fan brüit à bous rendre fours.
En s'aprouchan, pif, paf, on fe chamaillo,
va
On y ba d'éftoc é de taillo,
allons
Anen couratge coumpagnous,
droit
A drét, à gauche, deban bous.
le fabre   main   va dans
Lou fabr'en ma, l'on ba dins la bagaro,
au   du
Tout al trabers dél tintamaro,
entend   le
On entén rounfla lou canou,
Poun, poun, coumo la baffo continuo,
épouvanté   telle valeur
L'enemic éfpaurit d'uno talo balou,
ne   cherche   fuir
Nou cerquo qu'à fugir, atrapo, tuo, tuo,
crie   tout eft fait
On cri d'après que és féy,
vive   le Roi
Bibo lou Réy, bibo lou Réy.
Rés n'és tan bél, &c.

DAPHNIS.

peut
Mouffu, pot on bous demanda,
par quelle
Coumen, è per qual' abenturo,
vous habitez le
Habitats lou pays ?

JEANNET.

je viens   marier
Beni me marida.

DAPHNIS.

prenez *ici*
Qui prenéts bous ayci?

JEANET.

belle
La bél' Alcimaduro.

DAPHNIS *à part.*

Alcimadur' o fort trop rigourous?

JEANET.

on m'a apris *faifoit les yeux doux*
M'an apréz qu'un Bergé li fazio lous éls dous;
mon âme feroit ravie
Que moun amo fario rabido,
pouvoir le trouver
De poudé lou troùba.

DAPHNIS.

vous le voyez
Lou bezéts deban bous.
plûtôt *vie*
Daphnis perdra puléu la bido,
ceder *il eft*
Que de céda l'oubjét dont él és amourous.

JEANET.

je ne puis
Nou podi reteni ma ratge
Aprés un tan cruél outratge.
Renounc'à toun amour fé tu bos me calma;
Ou ta mort...

DAPHNIS.

je veux
Frapo me, boli toutjoun l'ayma.

SCÉNO

SÇÉNO IV.

DAPHNIS, JEANET, ALCIMADURO.

ALCIMADURO *dins la couliſſo.*

A^{au}L ſecours, al ſecours....

JEANET.

peur
Qualqu'un de poou s'éſplouro.

ALCIMADURO.

ſauver
Qui poura me ſalba ?

DAPHNIS.

qu'avez-vous belle
Qu'abets bélo Paſtouro ?

ALCIMADURO.

qui veut dévorer
Un gros loup enrajat que me bol déboura.
voyez
Bezéts ?

DAPHNIS.

ne craignez rien par
Nou crengats rés, per Daphnis périra.

Daphnis pren la picquo de Jeanet, è Jeanet ſe retiro.

D

ALCIMADURO.

faites
Que fazéts bous? ô couratg' intrépido !
il va
El ba mouri.

Alcimaduro toumbo ésbanoüido.

DAPHNIS *aprés abé doumptat lou loup.*

Lou Cél m'a préstat soun secours.

SÇÉNO V.

DAPHNIS, ALCIMADURO *ésbanouido.*

DAPHNIS.

A I R.

du   *n'êtes*   *plus*   *suivie*
D'AL loup cruél, bous nou siés pus seguido,

revoyez   *mes*
Rebezéts la clartat, oubjet de mous amours.

c'est   *qui donneroit*   *vie*
Aco's Daphnis, que dounario sa bido,

pour sauver   *si beaux*
Per salba de tan belis jours.

ALCIMADURO.

A I R.
pour le prix
Per lou préts de ma délibrénço,

ne   puis- je   aimer
Que nou podi jou bous ayma;

Mais ſi   mon   cœur   ne peut
Més ſe moun cor nou pot pas s'enflama;

toujours
Aura toutjoun de la recounéiſſençõ;

DAPHNIS.

vous ne pouvez   quel
Nou poudéts pas m'ayma? Qual déplourable ſort!

ALCIMADURO.

je plains
Plagni boſtro ſouffrénço;

DAPHNIS.

pour vivre ainſi ſans
Per biur'atal ſens' éſperenço;

il faut plutôt
Cal puléu deſira la mort.

ALCIMADURO.

ne   cherchez
Nou la deſiréts pas... cerquats l'indifférénço;
pour   trouver   il ne faut
Per la trouba, nou cal pas grand éfort.

SCÉNO VI.

DAPHNIS, ALCIMADURO, JEANET, CASSAYRES.

JEANET.

O*où eſt ce*
UN t'es aquél monſtre terrible ?
amis   ici, il m'eſt   échapé
'Amics, ayci m'és éscapat.

ALCIMADURO.

Daphnis à qui tout és pouſſible,
La coumbatut, è la doumptat.

JEANET.

il eſt
Coumo Jeanet, él és dounc inbéncible ?

ALCIMADURO É JEANET.

célébrez   tous   valeur
Celebrats toutis ſa balou,
chantez   ſi
Cantats un tan brabe Paſtou.

CHOR.

célébrons   tous
Celebren toutis ſa balou,
chantons   ſi
Canten un tan brabe Paſtou.

On danſo.

ALCIMADURO.

AIR.

les plaifirs dans le
Lous plazés dins lou bilatge ;

vont tous
Ban toutis recoumença ?

du
A l'oumbréto dél fuillatge ;

les Bergers viendront
Lous Paftous bendran danfa ;

feul par
Daphnis foul per foun couratge ;

fi doux
Nous procur'un fort tan dous.

il
El merito noftr' houmatge ;

c'eft lui qui
Es él que nous rend hurous.

On danfo.

ALCIMADURO,

AIR.

qui faites le plaifir vie
Bous que fazéts lou plazé de ma bido,

Petits agneaux ne craignez plus du
Agnéls, nou créngats pus dal loup la cruautat.

DAPHNIS,

allez   *fans peur*   *fleurie*
'Anats boundi fan pooù fur l'hérbéto flourido;
          moi vous devez
'A Daphnis coumo jou debéts la libertat.

Lous Caſſayres ban coupa qualquos brancos d'albres;
     per faỳre uno Guirlando à Daphnis.

JEANET É LOU CHOR.

AIR.

le   *par*
Lou méchan loup per foun rabatge
Trop lountens nous a fayt trambla;
       prévenu
Daphnis a prébengut fa ratge,
   feul il en a fçu
Soulét n'a faput trioumpha.
     du pied   *main*
Frapén dal pé baten la ma,
il eft le petit Hercule du
El és l'Hérculét dél bilatge;
frapons du pied   *main*
Frapén dal pé, baten la ma,
     pourroit ne le
Qui pourio nou lou pas ayma.

SEGOUN COUPLET.

AIR.

pour faire
Per fayr'un ritche mariatge,

Daphnis n'aura qu'à defira;

fi   il fe
Se jamay fe met en menatge;

heureufe   celle   qui
Hurous' aquélo que l'aura.

Frapén dal pé, baten la ma;

El és l'Herculét dél bilatge;

Frapén dal pé, baten la ma,

Qui pourio nou lou pas ayma.

On danfo.

JEANET.

allons   rien
Anen fan que rés nous reténo;

au Seigneur du lieu
Prefenta Daphnis al Ségnou.

DAPHNIS

c'eft
Aco's bous douna trop de péno;
je ne   d'honneur
Nou meriti pas tan d'aunou.

JEANET.

tous les regards
Bous meritats regardaduro,
le
De tout lou bilatg' affemblat.

DAPHNIS.

d'avoir fauvé
D'abé falbat Alcimaduro,

ne ſuis je
Nou ſoüi jou pas récoumpenſat ?

ALCIMADURO.

vous ne pouvez plus
Nou poudéts pus bous en défendre;

allez partez
Anats, partéts, brabe Paſtou.

le prix valeur
Tandis que recebréts lou préts de la balou,

mes je vais
A mas coumpagnos bau aprendre,

ce avez pour moi
Çô que bous abéts fayt per jou.

DAPHNIS.

Alcimaduro me l'ourdouno,

ce qui lui plaît Roi vaut
Fayre çô que li play, d'un Réy bal la Courouno.

Fin del ſegoun Acto.

ACTE

ACTE TROISIEME.

*Lou Théâtre répréfento uno Plaço entourado d'albres,
é uno Ribiéro dins lou foun.*

SÇÉNO I.

ALCIMADURO.

AIR.

     laiffe *moi*
LAysso mé moun indiferenço,
          moi en repos
Cruél amour, layffo m'éfta.
   je te veux faire
Quand te boli fa refiftenço,
pourquoi   *moi*
Perqué countro jou t'irrita?
  cæur ouï   *veut*
Un cor que te bol éfcouta
        peine
N'ésproubo que pén' é fouffrénço.
  moi
Layffo me moun indiferenço,
        moi en repos
Cruél Amour, layffo m'efta.

E

SÇÉNO II.

JEANET, ALCIMADURO.

JEANET.

petite sœur
S OURÉTO, à quand toun mariatge ?
je meurs d'envie
     Mori d'embéjo d'y danfa.

ALCIMADURO.

cela
     Tout aco n'és qu'un badinatge,
cherchez
     Bous cerquats à bous amufa.

JEANET.

veut dire cette
     Que bol dir' aquélo boutado ?
ne peux
De l'amour de Daphnis tu nou podés douta
ce je t'ai pourquoi
Après çô que t'éy dit, perqué dounc héfita ?

ALCIMADURO.

voyez
     Bous me bezéts determinado,
ne plus vou'oir
'A nou pus boulé l'éfcouta.

JEANET.

AIR.

quel
Ah ma fouréto, qual doumatge,

fi
De perdr' un tan brabe Paftou.

fçais   quel eft fon
Tu fabés qual és foun couratge?

fçais   quel eft fon
Tu fabés qual és foun amou?

il t'adore fans
Quand t'adoro fenfe partatge,

contre lui   rigueur
Tu t'armes countr'el de rigou.

Ah ma, &c.

ALCIMADURO.

eft   Dieu
L'Amour és un Diu trop terrible.

JEANET.

cherches
Tu cerquos trop à l'irrita.

ALCIMADURO.

fi jamais il rend   cœur
Se jamay rend-moun cor fenfible,

raifon
Ma rafou faura refifta.

JEANET.

je vois   adieu
Bézi Daphnis, adiu fouréto,

je
Yéu te couféilli de l'ayma.

E ij

DAPHNIS;

ALCIMADURO.

ne   laissez   seule
Ah ! nou me layssséts pas souléto.

JEANET.

raison   rien ne peut
La rasou te sufits, rés nou pot t'alarma.

Él sort.

ALCIMADURO.

pourquoi   aller
Jeanet, perqué bous en ana.

SÇÉNO III.

DAPHNIS, ALCIMADURO.

DAPHNIS.

demeurez belle
AH ! demourats bél'inhuméno.

ALCIMADURO.

va je veux suivre ses
Jeanet s'en ba, boli ségui sous pas.

DAPHNIS.
suivez   est
Bous seguisséts Jeanet ? ah ma mort és certéno,
c'est
Aço's l'arrét de moun trépas.

ALCIMADURO.

vous avez   *tête*   *troublée*
Abéts la téft' embalauzido.

Daphnis y penfats bous?
   peut revenir de cette
Que bous pot rebeni d'aquélo fantezido?

DAPHNIS.

mon   *moins*
Moun fort fera mens mal'hurous.

AIR.

paye le   *qu'il doit*
Qui pago lou tribut qu'él déu à la naturo;
   ne
Nou fouffro pas un grand tourmen.
aimer
Més ayma fan retour la bél' Alcimaduro,
   c'eft
Aco's mourir à tout moumen.

ALCIMADURO à part.

j'enrage   *qu'il foit fi*
Enratji qu'él fio tan fidélo.

DAPHNIS.

   vouloir
Hélas! fan boulé m'éfcouta,

   ne   *fonjez*
Bous nou founjats qu'à me quita;
   adieu
Adiu Paftouro trop cruélo.

ALCIMADURO.

venez ici
Daphnis, benéts ayci.

veut dire cette
Que bol dir' aquélo feblélfo?

ne plus
Bous nou m'aymats dounc pus?

DAPHNIS.

comment
Couſſi,

Bous m'accufats de manqua de tendréſſo?

AIR.

pour prouver mon cœur eſt
Per bous prouba que moun cor és à bous,

je vous ai
Bous éy fayt don de tout moun paſturatge,

mon mon chien
De moun troupél, é dè moun gous,

Et ce que j'ai pour
E' tout çô qu'éy per héritatge.

Mon pere
Moun payr' après ma mort...

ALCIMADURO.

dites vous Dieu
Que dizéts bous, grand Diu?

DAPHNIS.

ce qui eſt à moi
Bous dounara tout çô qu'és miu.

ALCIMADURO *à part.*

mon   ame est agitée
'Ah que moun am' és agitado,

A Daphnis.

je n'y tiens plus   vivez
N'i téni pus. Bibéts, trop générous Paftou,
vivez   pour quoi m'avez-vous quittée
Bibéts... Jeanet, perqué m'abéts quitado?

DAPHNIS.

qu'entens-   je
Jeanet, qu'entendi jou!

cherchez
Bous cerquats moun ribal per coumbla moun
       mal'hou?

per   pour   peine
Per me defefpera, per augmenta ma péno,
fans   pitié   vous voyez
Senfe piétat, bezéts moun déplourable fort.

ALCIMADURO.

Daphnis......

DAPHNIS.

c'en   eft   adieu
Aco n'és trop, adiuciats inhuméno,

ne   veut plus
Daphnis, nou bol pus que la mort.

Él fort.

ALCIMADURO.

ne
Bous nou m'entendéts pas?

SÇÉNO IV.

ALCIMADURO.

L le
Ou cruél m'abandouno!

Il fuit, il va faire devenir
El fugits, él s'en ba, que fa? Que débéni?

ne peut le retenir
Alcimadur' hélas! nou pot lou rééni!

est cœur
Moun ésprit és troublat, é tout moun cor friffouno.

frere où êres vous arrivez
Moun frayr' oun te fiats bous? Aribats proumptomen,

Alcimaduro bous apélo.

que ce
Qu'aquél retardomen

douleur
A ma doulou cruélo

Ajouto de tourmen.

SÇÉNO

SÇÉNO V.

ALCIMADURO, JEANET.

ALCIMADURO.

A H! Jeanet défpechats, *dépêchez* béléu Daphnis trépaffo, *peut-être*
allez de lui
'Anats, couréts prés d'él...

JEANET.

O fecours fuperflus.

ALCIMADURO,

ne
Bous nou m'éfcoutats pas? bous demourats en plaço?
'Ah! Que bous m'alarmats?

JEANET.

plus
Hélas! Daphnis n'és pus.

ALCIMADURO.

plus *Dieu*
Daphnis n'és pus, grand Diu! Ah! tout moun fang
fe glaço

F

ALCIMADURO.

A I R.

pour
Daphnis, moun chér Daphnis, per termina toun fort,

quelle   rage
  Qualo ratjo te guido?

rigueur
Ma rigou te douno la mort,

ne   peut   vie
É moun amour nou pot te redouna la bido.

J E A N E T.

toi   fœur
Calmo te ma fouréto.

A L C I M A D U R O.

comment
  Eh couffi me calma?

je fuis défefperée
Yéu foüi deféfperado;

J E A N E T.

c'eft
  Aco's trop t'anima,

tes
Tous regréts foun perduts.

A L C I M A D U R O.

au   frere
  Al noun de Diu, moun frayre,

allons trouver   je veux le   voir
Anen trouba Daphnis, boli lou béyr' encor.

JEANET.

de lui *veut*
Tu n'y penſos dounc pas, prés d'él que bos tu fayre ?

ALCIMADURO

poignard je veux *cœur*
De foun coutél, boli perça moun cor.

JEANET.

Dieu
Grand Diu !

ALCIMADURO.

pour
Per fini moun martiro,

je ſuis *qui*
Ségui la ratjo que m'inſpiro.

SÇÉNO VI.

DAPHNIS, ALCIMADURO, JEANET.

ALCIMADURO.

AH ! Daphnis n'és pas mort.

DAPHNIS.

mes
Paſtouro mas amours ;

ALCIMADURO.

quel
Qual Diu bous rend à ma tendréſſo ?

F ij

DAPHNIS.

prêté
Jeanet ma préſtat ſoun ſecours.

ALCIMADURO, *à Jeanet.*

m'avez   trompée
'Ah! Bous m'abéts troumpado.

JEANET.

oublie
Oublido ta triſtréſſo,
pour éprouver   cœur j'ai voulu
Per éſprouba toun cor, éy boulgut t'alarma.
pardonne
Perdouno ma finéſſo.

ALCIMADURO *à Daphnis.*

j'ai fait   voir
E'y fayt trop béyre ma febléſſo,
pour   vouloir
Per la boulé diſſimula.

DAPHNIS.

Ah! Ma félicitat, paſſo moun éſperenço,
m'aimez ,   daignez le
Paſtouro, bous m'aymats, dégnats lou répeta.

ALCIMADURO.

je   ne   puis plus
Yéu nou podi pus réſiſta,
A tant d'amour, é de counſtenço.

DAPHNIS É ALCIMADURO.

Duo.

je n'aurai   *loifir*
N'auréy jamay trop de lezé

pour
Per celebra ta bienbéillenço,

       quelle
'Amour, ah! qualo récoumpenfo

    cœur nage dans le plaifir
Moun cor narjo dins lou plazé.

JEANET.

    ici   *fous*
Jantis Paftoureléts, ayci, jouts la berduro;

venez tous chanter
Benéts toutis canta l'amour d'Alcimaduro.

SÇÉNO VII.

DAPHNIS, ALCIMADURO, JEANET, PASTOUS, PASTOUROS, *é péy* MARINIÉS *é* MARINIÉROS.

On danfo.

ALCIMADURO

Air.

       veut
QUAND l'amour bol nous emflama,

qu'il fçait bien   *il faut*
Que fap pla coumo cal s'y prendre;

il eſt ſi fin pour
Es tan finét per nous ſurprendre,

folâtrant il ſçait
Qu'en fadejan ſap nous charma.

contre lui
Que ſert countr'él de ſe defendre ?

contre lui
Que ſert countr'él de s'anima ?

il ne faut
Nou cal qu'un moumen per ayma ;

il ne faut
Nou cal qu'un moumen per ſe rendre.

On danſo.

DAPHNIS É LOU CHOR.

le petit Dieu d'amour eſt   enjoleur
Lou Diu nenet és un embelinayre ;

qui que ce ſoit ne peut
Dégus   nou pot s'en garanti.

le   trait qu'il veut   faire
Lou trét qu'él bol nous fa ſenti ;

main   éclair.
Part de ſa ma comm'un éſclayre.

On danſo.

FIN.